# 그리움 한 잔

김옥남 시집

**초판 발행** 2019년 9월 30일

**지은이** 김옥남

**펴낸이** 안창현 **펴낸곳** 코드미디어

**북 디자인** Micky Ahn **교정 교열** 오재령

**등록** 2001년 3월 7일 **등록번호** 제 25100-2001-5호

**주소** 서울시 은평구 갈현로 318-1 1층

**전화** 02-6326-1402 **팩스** 02-388-1302

**전자우편** codmedia@codmedia.com

ISBN 979-11-89690-14-4  03810

**정가** 10,000원

이 도서의 국립중앙도서관 출판예정도서목록(CIP)은 서지정보유통지원시스템 홈페이지
(http://seoji.nl.go.kr)와 국가자료종합목록 구축시스템(http://kolis-net.nl.go.kr)에서
이용하실 수 있습니다.  (CIP제어번호 : CIP2019036939)


이 책은 용인시, 용인문화재단의 문예진흥기금을 지원받아 발간되었습니다.

# 그리움 한 잔

김옥남 시집

# 김옥남

그리움이 갈증을 더하는 시간,
허허로운 가슴 주체할 수 없을 때,
설렘으로 변하여 가슴에 머물면 그것을 꺼내어
부끄러워하며 글을 썼습니다.
잃어버린 감성의 퍼즐을 찾아서 오랫동안 이 길을 지나왔습니다.
첫사랑을 마주할 때처럼 가슴 떨림과 두려움,
그리고 그리움을 희석하고자 한 권의 책으로 묶었습니다.
시詩는 괴로움이 곁에 있을 때에도 기쁨이 넘쳐 날 때에도
진정제가 되고 노래가 되었습니다.
이제 저에게 있어 시詩는 평생을 같이 해야 할
동반자가 되었음을 고백하며, 부끄럽지만
내 작은 집에 '그리움 한 잔'이라는 문패를 달게 되었습니다.

이 책을 세상 밖으로 내어놓기까지 오랫동안 시詩와
마주할 수 있게 사랑으로 격려를 해주신 지연희 지도교수님께
진심으로 깊은 감사를 드립니다.
또한 함께한 시계문학회의 문우님들과
특히 창작활동을 하는 데 있어 든든한 버팀목이 되어 준
남편에게 고맙다는 말 전하고 싶습니다.

김옥남

# contents

*02*

# 그림자 따라

# contents

## 04
## 짙은 그리움

# contents

*05*

## 다시, 시작

피서객 떠나버린
바닷가 모래 같은 휑한 가슴인데ㅡ
가슴에 일렁이는 파도 소리
들리지 않는데
사랑을 하자네

ㅡ「이제 와서」 부분

1

그대
그림자

## 사랑, 훔치고 싶다

나뭇가지 사이
구름으로 희석된 노을빛
촉촉한 눈가에 머물면
아련한 그림자 곁에 와 선다

꽃망울 터트리기 전 첫 떨림
미세먼지가 되어 폐부 깊숙이 파고든다
감출 수 없는, 감춰지지 않는
머리끝에서 발끝까지 전해지는 전율
다시, 온몸에 담고 싶다

돌팔매에 생채기 난
한 송이 꽃이 되어도 좋다
붉디붉은 장미 한 송이
훔치고 싶다

# 그리움 한 잔

얼음장 같은 마알간 하늘
지워지지 않은 흔적
싸아한 바람 문풍지 사이로 들어왔다

그립다 말 못하는 사연 허공에서
너풀너풀-
농익은 감흥시 칼바람에 붉은 눈물 흘린다

아스라이 전해지는 냉기 가슴에 스며들 때
얼음조각 되어 떠다니는 구름
하늘이 시리다

희석된 미움, 점점 짙어지는 그리움 된다

# 낙화의 떨림을 아시는지

눈을 감고 있어도 눈을 뜰 때에도
그대에게 달려가 안기고 싶다

호숫가 길게 늘어뜨린 버들 벚꽃
길게 목을 빼고 입맞춤하던 시간

기억의 편린들이 수면 위로 고개 내밀면
백만 볼트의 전율은 온몸을 타고 번진다

지난 시간의 흔적, 선명한 생채기
낙화 꽃잎으로 덮어도 아물지 않는 상처

바람이 만든 물결 사이로
순간 반짝이는 눈빛

그대다
만날 수 없는 그대

❶ 그대 그림자 _____

헛헛한 가슴,

머릿속의 지우개 필요한 시간

# 목련

뽀오얀 얼굴에 수줍음 감추고

홀로 서기 버거워 바람에 흔들리고

빗줄기에 짓밟히고 상처받은 몸

갈색빛 피멍 가슴에 묻은 채

그 아픔 끌어안고

대지大地에 잦아들고 있다

보낼 수밖에 없는 시간

피멍이 되어 굳어버린

그리움-

# 눈길 가는 곳마다

그대가 있다
휘 이-
바람에 실려 오는 그대 향기
발길 멈춰진다

느린 걸음으로 따라오는 낮달
아린 가슴에 스며들면
그대, 그리움으로 다가온다

잠시 시간을 붙잡고
입안 마른 대추 씨앗 굴리듯
가슴으로 되새김질한다

눈길 가는 곳마다
주렁주렁 매달린 흔적, 멍에가 되어
시간을 붙잡는다

# 서걱거리는 오후


서걱거림이 곁을 두는 시간
새 한 마리 하얀 그림자 되어 내려앉는다

앙상한 가지 끝에 매달린 석양
온몸으로 맞서 견디고 있다

주홍빛 석양
움켜잡으려는 몸짓

다시 일어서는 짙은 설움
초점 잃고 서 있는 그리움

## 그대 1

커피 한 잔에 녹아있는
그대라는 이름
늘 내 곁에 있어 솜사탕 같은
하늘입니다

먹먹한 가슴의 체증 내려 앉힌 눈빛
사하라 사막의 뜨거운 태양을 가리고
갈증도 멈추게 하는 그대
사랑한다 말하지 못해도
내 마음 아시지요

# 그대 2

핸드폰의 단축번호를 누릅니다
뇌파로 전해지는 기계음
"통화할 수 없는 번호입니다"
또다시 철렁 내려앉습니다

북풍 불어와 서걱거리는 통증
미세먼지 되어 폐부 깊숙이 쌓입니다

그대가 그리운 밤
너덜너덜해진 속내 감추고
보고 싶다는 말밖에 할 수 없는데

사랑한다는 말보다
더 진-한 한 마디
보 고 싶 다

## 그 자리 그대로

빗방울 방울마다 매달린 그리움
창밖으로 손을 내밀면
그대 숨결
손등을 간지럽힌다

하얀 그림자
움켜잡으려는 몸짓
헛손질만 하는 길 잃은 손
그리움을 쫓는 시선
춘향이 그네 타듯 한다

잊혀진 줄 알았는데
잊은 줄 알았는데
칡넝쿨의 생명처럼 끈질긴 그림자
다시 일어서서
그 자리, 그대로 서 있구나

## 아물지 않는 상처

사과꽃
하얀 눈물
뚝-
뚝-
떨어진다

차가운 바람
흩날리는 꽃비
싸-한 그리움
질끈 눈을 감는다

자박자박 걸어오는 소리
화들짝 놀라 휘둥그레진 눈
하늘하늘 떨어지는 사과 꽃잎들

켜켜이 쌓인
에스프레소 빛깔보다 더 새까아만
쓰디쓴 아픔
아물지 않는 그리움

부재중

망설임 끝에 서 있는 그리움
손가락에 온 힘을 다해
꾸-욱 누른다

"이 번호는 없는 번호이니 확인하시고 다시 걸어주
십시오"

누르고 또 눌러봐도 없는 번호란다
손으로 전해지는 핸드폰의 열기
뜨거운 눈물 되어 흐른다

먹먹한 가슴에 고이는 아픔
나를 잊은 것일까
분명 번호는 틀림없는데-

## 자두 빛 멍울

답답한 가슴에 체기로 남은 그리움
한 움큼의 약을 수없이 삼켜도
삭혀지지 않는 자두 빛깔 멍울
삼킬 수 없는 그리움
명치끝에서 오르락내리락한다

떨어지지 않는 발길
떠날 수밖에 없었던 그대
작은 우주에 먹구름 만들어
울컥울컥
쏟아낼 눈물 만들고 있다

# 이제 와서

짙푸르던 여름 지나가고
가을은 가까이 왔는데-
오랜 시간, 차마 보여줄 수 없어
애써 감추고 있었던
사랑, 보여주고 싶다네
사랑을 하자네

피서객 떠나버린
바닷가 모래 같은 휑한 가슴인데-
가슴에 일렁이는 파도 소리
들리지 않는데
사랑을 하자네

가을, 산중턱
안개 온몸 감싸는데
꽃을 피워보자 하네
사랑을 하자네

소금꽃


그대 마알간 꽃망울 피울 때

인정하지 못한 아집

대들보에 걸어 두었다

꽃 피고 지고 수십 년

이젠 다 끝난 거라고 애써

태연의 가면을 써 보지만,

가슴에 응어리 풀어헤쳐진 날

서걱거리는 바람이 휑하니 지나간다

잊어지지 않는 그대

가시 품고 있는

소금꽃-

브레이크 없었던 하루하루가
아등바등거렸던 시간들이
바람에 떠밀려왔음을 안다
조바심으로 채워진 오늘을 다독인다

-「나를 찾아서」 부분

2

그림자
따라

그대라는 그림자


내 그리움이 그대 그리움인 양
착각하며 살았다


눈길 한 번 주지 않는 시간 속에서
시침과 분침 세워놓고 뇌 속의 아집들 헝클어
눈물이 핑 돌도록 도리질해 봐도
점점 더 또렷이 되살아나는 환영幻影


떨쳐버릴 수 없는 시간
낙엽들의 울음소리
허우적거리는 가을밤

# 얼음꽃

지난밤 내린 폭설
목화솜 이불 되어
온 대지를 덮어주고 있다

매화꽃
선홍색 핏빛
망울망울
언 입술에 머금은
애끓는 사랑
가슴에 파고드는
그리움-

주춤거리는 연둣빛
흔들리는 매화꽃 나무 가지마다
활짝 피우기 위한 꽃망울의 몸부림
살포시 내민 붉디붉은 입술
얼음꽃 눈물 영글어 간다

# 비 오는 날

빗소리에 귀 기울인다
나뭇잎에 떨어지는 소리
놀이터 맨땅에 떨어지는 소리
그들의 언어를 들으려
수없이 귓바퀴를 한껏 부풀려 보지만
작은 가슴은
빗줄기만 헤아리고 있다

비 오는 날이면-
설렘으로 가슴에 고이는
그대의 달콤한 목소리
심장이 아리게 뜨거워진다

# 낙동강 1

빗물이 가슴에 출렁일 때
검정고무신 신고 마냥 걷다
발길 멈춘 곳
낙동강

강물 바라보다 울음 쏟아내다
흙탕물 강물에 씻어내다
멋쩍은 웃음 흘리다 뒷걸음질

그랬었지-
어찌할 바를 모르던 소녀
그 시절, 가슴에 머물면
그 울렁거림 찾아 강둑에 서 있다

어설픈 속살 드러낸 낙동강
지난날의 내가 아니듯
그 강이 그 강이 아님을 알아챈 지금
서글픔이 가슴에 머문다

# 낙동강 2

몸살을 앓고 있는 낙동강
온몸 파헤쳐 수혈하는 강줄기
더 큰 갈증으로 몸살을 한다
태초의 모습 강물의 소박한 꿈
바람의 장난에 무심히 출렁일 뿐
누군가 걸어둔 산소마스크를 하고 헐떡이는
내 고향 낙동강
낡아 해어진 추억에 기대어
가난한 설렘으로 허허로운 가슴
싱그러움 채우고 싶은 갈증
언제쯤이면 채워질까-

# 허기진 하루

외로움을 삼키고
슬픔을 삭이고
눈물을 삼킨다

그 절박한 가슴은
어항을 튀어나와 펄떡거리는
물고기이다

어쩌지 어쩌누–
꽉 막혀버린 혈관 속에서
화병은 발작을 일으킨다

하얀 피 요동을 친다
허기진 하루가 간다

# 가시

겨울 바다에 걸터앉은 배
억지로 삼키려다 목에 걸린
사과를 닮았다

용광로의 불꽃 춤사위보다
더 붉게 타오르는 그림자
불도장이 되어 가슴에 박힌다

깊은 밤 잠들지 않는
심장에 깊이 꽂힌 가시
소금꽃으로 환생한 눈물이다

숯검댕이 되어버린 흔적
생채기 난 가슴
서걱거리는 겨울밤을 할퀴고 있다

잡을 수 없는-
잡을 수 없는
그림자

지워지지 않는


문득,
어둠 속에서 바람이 일면
잠재우려던 아픔
휘-이 휘-이
회오리바람 되어
뇌파를 타고 무한 질주한다

상처투성이 몸
빨간 약, 가슴에 바른다
선홍빛으로 물드는
패인 상처
고삐 풀린 망아지처럼 날뛴다

멈추고 싶다
가만가만 쉬고 싶다
지워도 지워지지 않는 흔적들이
고단한 하루의 끝에서
잠을 청한다

설렘


쿵덕
쿵덕 쿵덕 쿵덕
심장에서 요동치는 파도
멈추지 않는다
내 곁에 머문 선물
그것은 우주의 설렘이다


순간 숨이 멎는다
누구에게나 오는
누구에게나 오지 않는
그래서
더 반갑다
아장아장
내 곁으로 걸어오고 있다


푸른 숲 사이 햇살
활짝 꽃이 핀다

# 알싸한 가을

여름의 끄트머리에서
괴성을 지르며 닦달하던 소낙비
잠시 숨 고르기 하는 시간
빗방울 머금은 나뭇잎
슬며시 더위를 내려놓는다

켜켜이 쌓여가는 나잇살
훅 털어내지 못한 미련
짙은 푸른 잎 가슴에 품고 싶은 여자
낙엽 떨어지는 가을은 내 것이 아니라고
아니라고 또아리를 틀고 있다

한 발, 한 발
한 뼘 머-언 곳에서 애간장 태우는
버리지 못하는 허물 소낙비에 흘려 보낸다
목젖을 타고 넘어가는 바람
알싸한 설렘이다

# 다시, 그리는 그림

털썩, 주저앉았던 시간 뒤로하고
삐걱거리는 무릎에 힘을 실어
일어서려는 강한 몸짓
울타리 안과 밖
바람이 준 상처 애써 외면하며 살다
틀 안에 갇힌 시간들-
부질없는 손짓은 안개비였다


느린걸음일지라도결승선을움켜잡으려는열망


아쉬움 가득 매달고 떠 있는
아름다운 노을
진솔한 황혼을 꿈꾸며
가만가만 밑그림을 그린다
달달한 하루가 잠을 청한다

# 나를 찾아서

별을 따라 산을 오르다가
나무뿌리에 걸렸다
발가락 움켜쥐고 주저앉은 자리
삐죽이 튀어나온 나무뿌리
씨-익 웃는다

쉬엄쉬엄 오르라 한다
잠시 쉬어가라 한다
눈 맞추며 나무들의 이야기를 듣는다
숨결 고르는 흙의 이야기에 귀 기울여 본다
봄바람 속삭임도 듣는다

브레이크 없었던 하루하루가
아등바등거렸던 시간들이
바람에 떠밀려왔음을 안다
조바심으로 채워진 오늘을 다독인다

잃어버린 퍼즐을 찾아 나선 오늘
상큼한 봄바람이다

# 출발선

반복되는 삶의 굴레 벗어나
애써 두 주먹 불끈 쥐고 선 출발선
흙냄새,
싱그럽다

아슴아슴한 기억 생기 불어 넣고
꽃잎, 나비 되어  춤을 춘다
훨–
훨–
날아오른다

어쩌나


하루, 일주일
한 달
쉼 없이 달린 날들

아직 할 일은
열 손가락을 쓰고도 모자라
남은 발가락 수 보태보지만
어림도 없다

추수해야 할 시간은
다가오는데
어쩌나—

반짝거리는 불빛, 화려한 거리
젊은이들의 웃음 뒤에 서 있는 그림자,
온기마저 사라져 버린 어정쩡한 모습

-「날 선 달빛」부분

3

허기진
하루

상념 2


여린 잎사귀 마알간 연둣빛
설렘으로 작은 방 하나 만들어
햇살 가득 가슴에 품었다


짙푸른 빛깔 평생을 살리라
힘 잔뜩 들어간 어깨, 격양된 목소리
천하를 호령했다


서늘한 바람
황홀한 빛깔로 눈멀게 하고
주체할 수 없는 마음 흔들어 놓았다


첫눈 내린 온 세상
평온을 가장한 페르소나
희뿌연 하늘, 한숨과 미세먼지 가득하다


듣고 본 대로 믿을 수 없는 세상
무엇이든 마음 놓고 할 수 없는 세상
세상 참-

# 외톨이


넓은 운동장
왁자지껄 뛰어놀던 아이들
어디로 간 걸까

횅한 운동장 한복판
낡은 축구공 하나
누가 버리고 간 걸까
외톨이
너의 운명 앞에서
아무 것도 할 수 없는 난
그저 바라볼 뿐-

이름 없는 풀잎
친구일 뿐
기다려보자 하네

유리창

빗물로 얼룩진 유리창에 낯선 얼굴
사선으로 떨어지는 눈물

하얗게 질려 어찌할 줄 모르는
유리창,

회한의 손짓
갈피 잡지 못하고 흔들리고 있다

방울방울 맺힌 가온누리*

여전히 유리창에 꽂히고 있다

*가온누리: '어떠한 일이 있어도 세상의 중심이 되어'라는 순우리말.

낯설다


빛바랜 부스스한 꽃잎 하나
낯설다
벌, 나비 유혹하던 화려한 꽃잎
기억 속에서 유영游泳을 한다
어디로 간 걸까
달리는 시간은 고장 난 브레이크
마주하고 있는 꽃잎
아직은
아직은 괜찮다고 위로를 퍼붓는다

베시시 웃는다
여전히 적응불가適應不可
낯설다

## 시어를 찾아

가로등 밑 어둠이 일어선다
우두커니 서서
희끄므레한 달 하나씩 머리에 이고
잠들지 못하는 가로등
점점 어둠이 물들어 짙어지고
깊은 어둠 속으로 던져진 낚싯대
새벽을 기다리는 영혼
가슴 끝으로 전해지는 보이지 않는-
낚아채어 보지만
텅빈 쭉정이만 쌓인다

시어詩語를 낚으려는
시선詩選이 흔들린다

옅어진 어둠 사이로
다시, 하루가 시작된다
윙윙-
바람이 운다

양반전


강원도 정선
도적이 되기보다 상민으로 살려는
양반 가면 벗어던진 가짜 양반
햇볕 뜨겁게 내리쬐는 정선 아라리촌
어리석은 인간을 꾸짖는
박지원의 소리 허공에 흩어진다
돈뭉치 마구 날려 여의도 입성
그곳에만 들어가면
눈멀고 귀머거리 되는 요상한 증세
사람들의 조롱 소리
곳간에 숨겼나 실경에 올려두었나
당최 그 속을 알 수 없는 가짜 양반들

섬 아닌 섬 여의도
시리도록 맑은 하늘인데
엽전 꾸러미 앞세워 양반입네 하는
사람들, 헛기침 소리 요란하다

# 꽃이 지네

높이 날 수 없는 꽃나비의 슬픔
나풀나풀
아래로 아래로 떨어지네

미련을 두고 떠나지 못하는
꽃잎, 날 수 없는
나비 되었네

차마, 떠날 수 없어
나무 아래
꽃잎 마을 이루었네

하늘공원

건강을 위해 오르거나
낭만에 취해 오르거나 하는
이백팔십 다섯 계단 끝에
하늘공원이 있다

갈바람에 몸을 맡긴 코스모스의 춤사위
억새풀 사잇길 오색빛깔 새 둥지들
그곳에 살지 못하는 으악새
울음 토해내고 있다

흩날리는 억새 머리
그 끝에 맞닿은 하늘
그리운 얼굴들 구름 속에 숨어있다

# 나무들의 눈물

창문을 열면 빗줄기
와락 품에 안긴다

우르릉 쾅쾅-

고목나무 뿌리째 뽑히고
주저앉는다

나무들의
눈물, 눈물

# 걸음을 멈출 수 없는

하얀 모래톱 위에 남겨진 발자국
파도에 쓸려 사라진다

길을 찾지 못하고 깊은 수렁에 빠져
디디면 디딜수록 더 깊이 빠져든다

하늘 높이 날 수 있기를 기다리는
걸음을 멈출 수 없는 사람들-

바닷바람에 흔들리는 들풀, 아비규환 잠재울
목소리 기다린다

더 높이 날기 위한 동녘 하늘 붉은 태양빛 받아
날개에 힘을 채운다

# 비, 그리고 어둠

자동차의 헤드라이트에 비춰진 빗금
바닥에서 물방울 꽃으로 피었다가
순간, 사라진다

미세먼지처럼 털어낼 수 없는 피곤
점점 짙어지는 어둠 사이로
무표정한 얼굴에 포개진다

민들레꽃 위에 쏟아지는 어둠
빗방울 사이 분주한 발길

지친 몸 누일 곳 찾아간다
다시, 발걸음에 힘을 준다

# 날 선 달빛

길가에 늘어선 나무들
슬픔 감추고 거짓 웃음 달고 있다

반짝거리는 불빛, 화려한 거리
젊은이들의 웃음 뒤에 서 있는 그림자,
온기마저 사라져 버린 어정쩡한 모습

휘청거리는 겨울밤
차가운 바람이 잠든 거리엔
외로움이 더 깊어간다

성근 달빛에 묻혀 웅크리는 앙상한 나뭇가지
잡힐 듯 잡히지 않는 꿈을 쫓는
비틀거리는 몸짓

날 선 칼바람에 난도질당하는 네온 불빛
속내 감추고 웃어라
웃어라 한다

# 분노

가슴속
작은 촉 하나 자라고 있다
무디게 하려 하면 할수록
더 날카로워지는 가시

알 수 없는 분노
독기 품은 가시
마음대로 되지 않는 그 무엇
어디로 튈지 살얼음판이다

저린 팔에 걸터앉은 버거움
어둠에 빠져들 수 없는 밤이면
이성은 다시 촉수를 세운다

# 발길 멈춘 이유

가을이 익어가고 있다
서슬 퍼렇던 녹색 물결 간 곳 없고
갈빛, 붉은빛으로 변하는 산과 들

무심히 쳐다본 하늘 끝
석양빛 닮은 선홍빛깔 까치밥 하나
시선을 잡는다

빨리빨리만 외치며 살아왔던 시간들-
내려놓고 싶다

가을바람이 너플 너플-
뽀얀 햇살이 진한 빛을 보태는 날
허공을 가로지르는 전깃줄에 철썩
어설픈 마음 한자락 널어본다

# 향수

휘영청 밝은 보름달이 뜨는 날
구멍 숭숭난 깡통에
솔가지와 송진 몇 쪽
신이 난 아이들 한달음에 뒷산 올라
작은 꿈에 불 붙여 태우며
팔이 아프도록 돌리고 돌렸었던
그 시절

맑은 물이 흐르는 산골짝
낙동강으로 향해 흐르는 실개천으로
아이들은 빨랫감을 이고 모여들었다
옹기종기 모여 앉아 어줍잖은 모습으로
서로 더 많이 하겠다고 옷가지 끌어당기며
서로 얼굴 바라보며 깔깔대던
그 시절

누가 먼저랄 것도 없이
우르르 작은 언덕, 뒷산에 올라

비료포대 깔고 앉아 맨땅 미끄럼을 탄다
울퉁불퉁 요철투성이
엉덩이에 시퍼런 멍이 들어도
마냥 즐거웠던
그 시절

빨래를 해서 건조까지
다 되어 나오는 편리한 세상
그 개울
그 언덕
그 시절이 그립다

# 물소리 새소리 찻집

야트막한 산자락 고가古家
봄 햇살 아래
삶에 지친 사람들 보듬고 있다

넓은 창가 단아한 풍란 하나
옛 주인의 모습이다
소슬바람에 흩날리는 벚꽃
진한 그리움의 눈물
꽃비 되어 떨어진다

세월의 무게, 축 처진 처마
아픔도 잊은 채
묵묵히 햇살로 가득 채우며
목수의 손길로 어루만져줄
그날이 찾아오리라 믿고 있다

오늘도 고가古家는
세월의 흔적을 고스란히 안고

물소리 새소리 벗하며
삶에 지친 사람들 다독거리며
잠시 쉬어가라 한다

예정된 시간 속에서
미련의 끈 놓칠까 두 주먹 움켜쥐고
헉
헉
오늘도 하루와 씨름을 한다

-「버거운 하루」부분

4

짙은
그리움

# 안동국시

밀가루에 콩가루를 섞어 반죽을 한다
커다란 암반에 반죽을 올려놓고
홍두깨를 밀었다 당겼다 하면
멍석만큼 커다랗게 된다
밀가루 솔솔 뿌려 고이 접어
한석봉 어머니 칼질하듯 반죽을 썬다

닥다닥 콩콩-
콩콩콩-
도마 소리 정겨운 날
올망졸망 턱을 괴고 앉은 아이들
짚불 아궁이에 노릇노릇하게 구워 주신
고소한 국시 꼬랑지 하나씩 들고
환한 웃음 얼굴 가득하다

구수하고 담백한 안동국시 맛이 그립다
투박한 어머니 손맛이 그립다
거치른 멍석도 포근하게 느끼던
그 시절로 돌아가고 싶다

# 아버지

무거운 수레가 언덕길을 오르고 있다
고단함이 묻어 있는 발뒤꿈치에 눈길이 간다
슬며시 수레 뒤에 손을 얹어 힘을 보탠다
힐긋 뒤돌아보며 보일 듯 말 듯 한 미소
고마움이 묻어있다

어깨 위에 주렁주렁 매달린 무게
덜어낼 힘 없어 무심히 바라만 보던 그 시절
힘든 내색 않으시고 험한 고갯길
앞장서 주신 아버지
먼 길 떠나신 지 수십 년
깊이를 알 수 없는 우물을 만든 그리움
달그림자에 희미한 아버지 얼굴 겹쳐진다

# 홍초

접시꽃 필 때면
더욱 선명해지는 그림 하나

마당 한 귀퉁이 작은 화단
키다리 홍초, 금잔화, 봉숭아, 앙증맞은 채송화·
울퉁불퉁 여주박
아버지의 손길 기다리는 꽃들
정성스레 가꾸시던 아버지의 모습
눈앞에서 아롱거린다

지금은 주인 잃어버린 빈집
흔적도 없이
폐허가 되어버린 화단
잡초만 가득하다
그리움으로 채워진 가슴엔
아버지의 홍초가 크고 있다

## 아들, 그리고 감기

먼 곳으로 떨어져 나간 나뭇가지 하나
아픔을 삭이고 난 후에야 입을 열었다
칼바람 불어 살 에이는 아픔에
혼자라서 죽을 만큼 슬펐다고-

차가운 공기, 휘익 훑고 지나가다
폐 깊숙이 머물렀다
온몸 사시나무 떨듯 떨리고
기침 소리 밤공기를 찢어놓았다
어두운 밤 덩그러니 마주하는 고통
아무도 들을 수 없는 비명 토해내며
서러움은 태산처럼 커져만 갔다

기기機器로 전해진 외로운 슬픔은
도시를 삼켜버린 강력한 토네이도가 되어
곁에 있어주지 못한 어미의 육신을 찢고
심장과 폐 속으로 휩쓸고 갔다

짝사랑


개나리 진달래가 꽃망울을 터트릴 때
떠날 채비를 한다
훌쩍 흘러버린 시간 속에서 잠시
묶어둔 사랑, 짝사랑이다


노란 점퍼를 입고 아장아장 걷던 넌
귀여운 병아리였다
점점 커 가는 널 보는 기쁨은
어떤 보석보다 더 빛났던
네가,
내 품을 떠나려 한다


애미의 괜한 심술에
또 올게요
자주 들릴게요
사르르 녹는다
그래,
이젠 품 안에서 내려놓아야 한다고

아들을 아들임을 잊어야 한다고
마음 주저앉히고 있다

# 기도

이른 새벽, 희뿌연 안개 속
댕그렁–
댕그렁–
교회종탑 세상을 깨운다

발길, 성소 안에 모아지고
가녀린 두 손 모아 하늘로
하늘로 간절함 쏘아 올린다

흐트러진 이정표가 난무한 세상
맑은 빛으로 채워지기를
재단 앞에 엎드린다

# 감기

비바람에 견딜 수 없는
갈 곳 잃은 꽃잎

바람이 일렁일 때마다
거친 숨은 폐부를 찢는다

갈증에 시달리는 나무처럼
축 처져 있는 몸,

휑한 가슴에 슬픔이 차고 있다

시간을 먹고 살 수밖에 없는 몸
흔들리지 않는 디딤돌 만들고

바람을 잠재우기 위한 몸부림
한 주먹의 알약을 입안에 털어 넣는다

쌉싸름한
봄바람이 분다

# 무한한 축복

축복의 햇살 쏟아진다
두 사람, 영혼의 향기로 촛불 밝히고
둘이 아닌 하나 되었다

한 계단 한 계단 사랑의 정상에 오르는
백년가약 맺은 오늘-
천사처럼 아름다운 신부여
강하고 멋진 신랑이여
옛것을 버리고 새로운 것을 이루기 위한 언약
하늘과 땅, 환희의 합창 울려 퍼진다

때론 바람도 불겠지
때론 눈비도 내리겠지
그럴 땐, 서로를 감싸주고
서로에게 버팀목이 되어주는
따스한 햇살이 되고
작은 사랑 태산 같은 사랑 이루어라

서로를 위하는 배려

행복으로 이끌어 주는 열쇠

아름다운 정원 잘 가꾸어 행복한 보금자리 이루어

후회 없는 삶,

사랑의 승리자 되는 그날까지

무한한 축복이어라

## 고소한 사랑

고향 흙냄새 푹 배어있는
땅콩 한 보따리 도시에 도착했다
눈에 보이지 않는 끈끈한
정을 느끼며 보따리를 풀었다
단단한 껍질로 자신의 몸을 꽉 붙들고 있다

손녀가 덤빈다
고사리 손과 투박한 손이 합쳐진다
톡- 하고 떨어지는 불그스레한 속살
손녀의 재롱이 고소한 땅콩알갱이가
툭 툭 떨어져 앞섶에 수북이 쌓인다
사랑이다
고소한 사랑이다

사색


깊어진 생각의 늪에서 허우적거린다


명품만을 바라기 하는 세상
별이 되기 위한 버둥거림


여의도의 둥근 지붕 속 오가는 고성
빌딩숲 속에서 서로 밟고 올라서기 하는 사람들


오르자
더 높이 오르자
아우성이다


안간힘인가
아집인가


깊은 늪에서 버둥거리는 모습
현기증이 난다

# 조바심


두터워진 어둠 헤집고 들어서는 조급함
기다림과 싸우고 있다

울퉁불퉁 요철투성이 세상
무엇을 찾으며 헤매고 있는 걸까
달빛마저 희미해져 가는데
아무런 기척이 없다

유야무야有耶無耶 했던
많은 시간들 속의 이야기
가슴에 쌓여 눈물 되어 고이고
흘러가 버린 시간 탓하기도 버거운
날들의 연속-
아들은 어미 품에서 벗어나려
무언의 시위를 한다

또 다른 나
마음 깊은 곳에서 속삭이는 소리

놓아주는 연습을 하라 한다
조바심과 울렁증
평생을 안고 가야 할 어미의 몫
진정제는  없다

# 겨울바람에 흔들리고 있다


아름드리나무
살을 태우는 태양빛 맞서 그림자 만들어
시원한 바람 머물게 하더니
손끝부터 푸르락 불그락
빛바랜 나뭇잎을 숨쉬기조차 힘들게 했다

생명의 끈 놓아야 하는
어둠과 냉기를 견뎌야 하는
순리의 굴레 속

엉켜버린 실타래
몸을 삼키려 하는 바람
괜찮다고 괜찮다고-

희미하게 반짝이며 유영하는 잎새
손바닥 위에 받아 들면
그대의 아픔이 고스란히 전해진다

솔개처럼 바람에 몸을 맡기고
높은 곳으로 날아오르고 싶은 욕망
날개를 펼 수 없다

아름드리나무가 겨울바람에 흔들리고 있다

## 버거운 하루


예정된 시간 속에서
미련의 끈 놓칠까 두 주먹 움켜쥐고
헉
헉
오늘도 하루와 씨름을 한다


흙빛 어둠
스산한 바람의 집으로 스며들고
끌어안을 수밖에 없는 옹이 굳은살 되어
터벅– 터벅
석양 속으로 향하고 있다


오롯이 견디는 휑한 가슴
한치 앞도 보이지 않는 칠흙의 침묵
가늠할 수 없는
고인돌의 무게로 안긴다
버거운 하루가 간다

# 산책길

무심한 척 너스레를 떨다
갈바람에 떨어지는 나뭇잎 하나에
가슴 말랑말랑해진다

걷고, 또 걷는데
무릎과 발목이 삐그덕거리며 앙탈을 부린다
낡은 벤치에 앉아 하늘을 본다

그곳엔 엄마가 있고
푸들강아지, 몽실몽실한 곰인형이 있다

하늘의 그림들이 살아서
땅 위에 내려앉았다

작은 공원을 가득 채우는
천사들의 재잘거리는 소리
가을 햇살에 반짝인다

# 떠나고 싶다


한여름의 더위는
철을 녹이는 용광로보다 더 뜨거운
열기 내뿜고 있다

해그름, 스멀스멀 기어오는
숨막히는 열기 끌어안고
여름은 내 것이라 절규하는 매미의 외침
간간히 찾아오는 아우성 속의 적막

하루를 끝맺음하려는 시간
둥지를 찾아들 때
떠나고 싶다
노을이 진한 서해바다로-

간절한 눈빛


도심 한복판 빌딩숲 사이
고달픈 나무들이 켜켜이 쌓여있다
가을 햇살에 더부살이하며
빈껍데기 언어 쏟아내고 있다


빛바랜 외투, 낡은 운동화
고단함이 덕지덕지 묻어있다
어린 자식 위해
자존심은 컴컴한 지하실에 두고
선택받기만을 갈망하는 눈빛


차가운 벽 떨쳐버리지 못하는
힘없는 시선
오가는 사람들 발길 따라
버둥거리며 쫓아간다
애처로운 하루다

미리내 별 따라 오르다
그리움, 허공을 가로지른다

물끄러미 바라볼 수밖에 없는
허물 수 없는 옹벽 앞

-「미리내 별 하나」 부분

5

다시,
시작

# 어느새

온 산을 뒤덮은 진달래
붉은 빛깔로 닫힌 마음 유혹한다
설렘을 토닥이며 장단 맞추기도 전에
성급한 유월은 짙은 녹색 옷
갈아입고 내 곁에 왔다

맑은 강물에 비춰진 홍당무가 된 얼굴
가을을 그리 멀지 않은 곳에 두고
감출 수 없는 조급함에 허둥대는 모습이다
아직은 생生의 한가운데 있다고 억지 부려보지만
마주한 거울 속 낯선 여인의 얼굴엔 깊은 주름,

내 생애 봄날은 언제였을까
열대의 기온보다 더 뜨거웠던 여름은-
생각의 늪에 빠질수록 한숨,
크게 다가서는 헛헛한 그림자

# 애처로운 시간

바스락 신음하다
바람에 밀려와 시간의 가장자리에 쌓인 낙엽
살이 찢기어져 흙으로 돌아가야 하는 애처로운 시간
얼음장 밑에서 몸부림치는 마지막 빛깔

온몸의 열기
살랑이는 미풍에도 날아가 버릴 것만 같은 몸
희미한 햇살에게 나지막이 속삭인다
마지막이 아니라고-

고운 빛깔과 잊혀져가는 빛의 사이에서
다시 화려한 모습으로 되돌아올 수 있느냐고-
물음표 던지며-
낙엽길을 걷는다

## 미리내 별 하나

뜨거운 석양에 매달린 멍그르함
울컥 가슴에 내려 앉는다

미리내 별 따라 오르다
그리움, 허공을 가로지른다

물끄러미 바라볼 수밖에 없는
허물 수 없는 옹벽 앞

마음 졸이며 화그덕 거리는 가슴
갈팡질팡이다

홍시 발갛게 익어 가는 시간이 오면
그땐 다시 찾을 수 있을까

잡아 둘 수 없는
여인의 시간은 한낮 12시인데-

멈춰!


안개비 내리는 날
핏빛 장미꽃물 손끝에 매달려도
시간을 바느질한다

나이테의 생성生成 멈추기를 바라는
흐려진 눈빛으로
활짝 핀 햇살꽃 바라기 하며
시간을 바느질하는 여자

여자는 강가에 서서
중국 옛 여인의 전족을 강물의 발에 신기고
주문을 외운다
멈춰!
멈추어라—

# 허허로운 날

호숫가 벚꽃나무 둘레길 걸으며
훌쩍 떠나버린 시간 속에 갇혀 몸살을 앓는다

얼었던 강물 녹아내려
바다로 향하는데
따사로운 봄볕에도 녹지 못하는
얼음조각 하나,
또다시 그리움에 묶인 바보
짙은 먹구름 목울대로 밀어 놓고
꺼이꺼이 마른 울음 토해내다
그래, 잊자 잊어버리자
가슴으로 외치고
또 외치고-

붙잡을 수 없는 그대였기에
놓을 수밖에 없는 그대였기에
허허로움과 먹먹함 사이에서 휘청거리며
가슴에 잡힌 주름 펴보려고 안간힘 쓴다

호숫가엔 또다시 벚꽃이 핀다

# 진실 바라기

천둥번개가 요란하다
기본질서에 무디어져가는 세상
웬만한 충격에도 끄떡없는
강심장들을 향해 호통을 치고 있다

매일 미세먼지로 혼탁한 여의도 하늘
내가 잘났다 네가 잘났다
힘겨루기하는 사람들

잃어버린 양심들 줄을 세워
강한 목소리 날카로운 채찍이 되어
진실을 외치게 하자
포기할 수 없는 사람들이 사는 세상
여의도 하늘에 꽃비 내렸으면-

# 봄이 오면

꽁꽁 얼어붙은
잿빛 구름 떠난 자리
햇살, 파란 물빛 가득 채우고 있다

떠나보내면 그만인 것을
곁에 두고 견디는 고통
쌉싸름한 아픔 가슴에 품는다

이제,
미련의 끈 놓아버리고
빈 가슴에 마알간 봄 햇살을 품자

따스한 햇살이 모여 사는 곳
그 마음 정원에
붉은 장미꽃으로 가득 채우자

청보리밭


봄 햇살 받으며
살랑이는 초록빛 보리밭
봄바람 파도를 탄다
스르르 눈 감으면
사사삭 스스슥-
달팽이관을 때리는 보리 향기

청보리,
파아란 물빛에 물들고 싶은 여자
평생 푸르게만 살고 싶은 여자
랑글랑글한
봄날이 가고 있다

비상 飛上

잠시 머물다 떠나야 하는
고단한 몸 내려놓은 철새들
무리 지어 날아올랐다가 내려앉는다
다시 날아오르는 끝없는 도전

휑하니 칼바람이 분다
얼어붙은 강물 아래 어린 생명의 속삭임
할 수 있다는 하면 된다는
고막을 울리는 자명종 소리
꿈을 품은 세포들을 깨운다

별 바라기 하는 몸부림
아린 숨결에 감춰진 갈증 딛고
다시, 날아보자
젖은 날개를 말린다
헝클어진 깃털을 고른다

# 나비, 춤을 추다

반복되는 삶의 굴레 벗어나
힘을 다해 디딤판을 굴린다

흙냄새,
싱그럽다

아슴아슴한 기억 생기 살아나고
꽃잎, 나비 되어 춤을 춘다

훨-
훨-
날아오른다

## 다시, 시작

어느 파도의 너울에 몸을 싣고 있는 걸까
가까이 있는 너울만 보지 말자
흐릿한 시야 핑계로 방패 삼지 말자
멀리서 바람과 동행하는
너울을 보자

그의 손짓 하나에 내가 있고
내가 없고-
반복되는 삶의 굴레에서 허우적거릴망정
단단한 매듭을 묶는 연습을 하자
내 삶은 ~ing 이니까-

# 날자, 더 높이

유리벽이 반짝이는 네거리

빌딩숲 한 켠, 새둥지를 틀었다

높이 날고 싶은 한 마리 새

날개 퍼덕이며 힘을 모으고 있다

걷혀지지 않은 안개 속,

멀리 희미한 불빛 보인다

다시, 서쪽에서 불어오는 바람 타고

날자, 더 높이 날아보자

눈부신 에머랄드빛 하늘

태양이 눈부시다

봄의 향연


아지랑이 주술에 걸려 걸음을 옮긴 윤중로
어사화 닮은 벚꽃, 눈을 뗄 수 없다


꽃을 꽃으로 보지 못하는 큰집 어르신들
서로 잘났다 삿대질에 혼미하다


긴- 호흡으로 쉼표를 찍고
서로를 끌어안자


지금, 봄의 향연
빨강, 노랑, 연분홍 꽃들의 춤사위
얼씨구-
손잡고 이 순간 취해보자

# 갈빛에 반하다 – 순천

곰삭은 가을이 멈추어 서 있는 곳
바람에 일렁이는 황금갈대
넓은 습지 갯벌 위에서 춤을 춘다
바다에서 불어오는 거친 바람
그 안에 서서 봄의 옷자락을 당긴다

겨울을 밀어내고
봄을 품고 있는 갈대밭
동그라미 세모 네모 만들어 놓고
봄을 준비한다

짱뚱어, 꽃게들의 놀이터
철새들의 안식처
자연의 생명이 숨 쉬는 곳
세계의 시선이 머무는 곳
순천만–

## 준비하지 못한 이별

살짝만 건들여도 터질 것 같은
그날 앞에
눈물 풍선은 팽창한다

흔들리지 않는 반석 위에 집을 세우려
비바람 퍼붓던 날에도
뜨거운 열기 뿜어내던 날
땀으로 온몸 씻기어도
덤덤히 오늘이라는 것에 충실했던 너

만나기로 약속한 날
예약되어 있지 않은 이별은 가까이 있었다
준비하지 못했기에 더 큰
굉음으로 무너져 버린 심장

오직 생과 죽음이 오가는 곳에서
미동도 없이 누워있는 널 보며
가슴이 무너져 내렸다

하얗게 질려버린 얼굴, 손과 발
준비되어 있지 않은 이별 앞에 내가 할 수 있는 것은
너의 손을 잡고 미안하다는 말뿐-

널 지켜주지 못해 미안한 마음은
이제 원망으로 점점 자라고 있다
보고 싶다는 말 전하고 싶은데
받아줄 사람 없으니
가슴에 굵은 빗줄기만 내리고 있다

## 외로움과 서글픔 —낙엽

시린 가을 하늘 머리에 이고
한 잎
한 잎
붉은 눈물 머금고 있다

토해내지 못하는
응어리진 외로움과 서글픔
차가운 바닥에 빈 몸 내동댕이쳐져도
견뎌내야만 하는—

화려한 빛깔 뒤에 숨어
아파도 아프다 하지 못하는 그대
찬바람에 허기진 몸 맡기고
꿈을 움켜지고 떠돌다
멈추는 그곳에서
다시
환생의 꿈을 꾸어 본다

추억


설날,
맷돌부터 꺼내 놓으시던 어머님
밤새 물에 불려 놓은 녹두를
새벽잠 쫓아내며 맷돌을 갈았다

그때 그 맛이 그리운 날은 광장시장을 찾는다
제일 먼저 눈길이 묶이는 곳
노릇노릇 지져낸 녹두지짐 가게
고소하고 베덱지근한 녹두전 맛은
입안에서 요동을 친다

시장을 한 바퀴 돌면
어머님을 만나고
다시
거꾸로 가는 시간이다
추억을 먹는 시장
진홍색 그리움을 만난다

넓은 운동장
왁자지껄 뛰어놀던 아이들
어디로 간 걸까

휑한 운동장 한복판
낡은 축구공 하나
누가 버리고 간 걸까

—「외톨이」부분

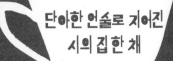

# 단아한 언술로 지어진
# 시의 집 한 채

지연희 | 시인

# 단아한 언술로 지어진 시의 집 한 채

•

지연희(시인)


어떤 의미를 언어로 말한다는 것은 가슴속 뭉뚱
그리는 울림을 구체적으로 표현하는 일이다. 나아가 활자
로 대신하는 시인의 시적 언어야 말로 그가 지닌 절대적
감성의 표출이어서 한 시절의 진정한 메시지라고 읽어야
할 것이다. 까닭에 시인이 제시한 모든 의미들은 전적으
로 따라야 하는 것이 독자의 몫이다. '어떤 논리의 그물에
도 걸리지 않는 자유'를 재량 받고 있는 시는 그만큼 자유
롭고 그만큼 진실하다. 오늘 첫 시집을 출간하는 김옥남
시인은 2010년 계간『문파』신인상 시 부문에 당선되어
시단의 일원으로 활동하고 있는 시인이다. 근 십여 년의
시간을 통찰하여 응집해온 시인의 내력 속에는 그리움의
공력이 내장되어 있다. 곁에 두고 있지 않아 보고 싶은 그
그리움의 대상이 연인이거나 혹은 가족, 친지이거나 처절
한 언술이 제시하는 감성의 낱낱들은 비장한 울림을 지니
고 있다. 더구나 고즈넉한 가을바람 불어오는 이 계절에

출간하는 김옥남 시인의 첫 시집 『그리움 한 잔』은 멜랑꼴
리한 가을날의 숨결을 담고 있어 풍성한 결실의 수확만큼
넉넉해진다.

나뭇가지 사이
구름으로 희석된 노을빛
촉촉한 눈가에 머물면
아련한 그림자 곁에 와 선다

꽃망울 터트리기 전 첫 떨림
미세먼지가 되어 폐부 깊숙이 파고든다
감출 수 없는, 감춰지지 않는
머리끝에서 발끝까지 전해지는 전율
다시, 온몸에 담고 싶다

돌팔매에 생채기 난
한 송이 꽃이 되어도 좋다
붉디붉은 장미 한 송이
훔치고 싶다
              – 시 「사랑, 훔치고 싶다」 전문

핸드폰의 단축번호를 누릅니다
뇌파로 전해지는 기계음

"통화할 수 없는 번호입니다"
또다시 철렁 내려앉습니다

북풍 불어와 서걱거리는 통증
조각조각 폐부 깊숙이 쌓입니다

그대가 그리운 밤
너덜너덜해진 속내 감추고
보고 싶다는 말밖에 할 수 없는데

사랑한다는 말보다
더 진-한 한 마디
보 고 싶 다
                    – 시 「그대 2」 전문


　그리움은 그대(대상)가 곁에 있거나 곁에 있지 않아도
절규하듯 그리는 애틋한 마음이다. 시인 류시화는 '그대
가 곁에 있어도 그대가 그립다'는 절대사랑의 시를 써서
사랑의 깊이를 공간적 질량으로 표현하여 감동을 주었다.
'나뭇가지 사이/구름으로 희석된 노을빛/촉촉한 눈가에
머물면/아련한 그림자 곁에 와 선다'는 김옥남의 먼 그리
움을 음미해 본다. 이 시편에서 그리움의 크기는 노을이
라는 시간과 공간의 흐름으로 현재화된 아련한 그리움을

확보하고 있다. 까닭에 나뭇가지에 걸린 구름을 촉촉한 눈가로 건져 올리며 시간의 터널 속으로 진입하는 과거로의 회귀이다. 결국 아름답던 시절의 회상은 회복할 수 없는 변질되어진 사랑으로 아파하게 된다. 따라서 시「사랑, 훔치고 싶다」의 두 번째 연에서 만나게 되는 현실은 참으로 비관적이다. '꽃망울 터트리기 전 첫 떨림/미세먼지가 되어 폐부 깊숙이 파고 든다'는 것이다. 황홀한 첫사랑의 꽃망울이 온몸으로 터뜨려지던 신비스럽던 떨림이 오늘은 '미세먼지'로 분산되어 폐부 깊숙이 박히게 되는 현실을 확인하고 있다. 그러나 이 아이러니한 역설이야말로 종내에는 '훔치고 싶은 사랑'으로 귀결되고 만다. 어떻게든 회복하고 싶은 절실한 그리움이다. 흐르는 시간이 예비하고 있던 무디어진 사랑의 서글픔일까, 먼 날의 사랑을 훔치고 싶은 욕망에 이른다. 다음 시「그대 2」에서 들려주는 메시지 또한 절대적인 그리움임에 분명하다. 북풍 불어와 서걱거리는 통증이 조각조각 폐부에 쌓이는, 그대 그리움으로 지울 수 없는 이별의 고통이 가득하다. '핸드폰의 단축번호를 누릅니다/뇌파로 전해지는 기계음/통화할 수 없는 번호입니다/또다시 철렁 내려앉습니다' 무심코 익숙한 핸드폰의 단축번호를 누르기 무섭게 뇌파에 전해지는 기계음에 놀라고 만다. "통화할 수 없는 번호입니다" 또다시 철렁 내려앉고 마는 이별의 아픔과 보고 싶음으로 너덜너덜 해어진 속가슴으로 그대를 그리워할 뿐이다. '사랑한다는 말보다/더 진-한 한 마디/보 고 싶 다'고 한다. 오직 '보고 싶다' 그 한 마디밖에 전할 수 없는 먼 곳 저 세상에 이주한 시 「그대 2」의 인물의 존재는 폭포처럼 쏟아지는 슬픈 이별의 아픔으로 버무린 그리움의 대상이다. 굳이 '그대'에 대한 관계를 밝히지 않고 있는 이 시 그대에 대하여 우리는 알려고 할 필요는 없을 것이다. 앞서 제시한 대로 그리움의 대상이 누구이든 독자는 보다 더 자유로운 시각으로 감상할 일이기 때문이다.

문득,
어둠 속에서 바람이 일면
잠재우려던 아픔
휘-이 휘-이
회오리바람 되어
뇌파를 타고 무한 질주한다

상처투성이 몸
빨간 약, 가슴에 바른다
선홍빛으로 물드는
패인 상처
고삐 풀린 망아지처럼 날뛴다

멈추고 싶다

가만가만 쉬고 싶다

지워도 지워지지 않는 흔적들이

고단한 하루의 끝에서

잠을 청한다

- 시 「지워지지 않는」 전문


털썩, 주저앉았던 시간 뒤로하고

삐걱거리는 무릎에 힘을 실어

일어서려는 강한 몸짓

울타리 안과 밖

바람이 준 상처 애써 외면하며 살다

틀 안에 갇힌 시간들-

부질없는 손짓은 안개비였다


느린걸음일지라도결승선을움켜잡으려는열망


아쉬움 가득 매달고 떠 있는

아름다운 노을

진솔한 황혼을 꿈꾸며

가만가만 밑그림을 그린다

달달한 하루가 잠을 청한다

- 시 「다시, 그리는 그림」 전문

고뇌를 모르는 삶은 바람 빠진 무미한 고무풍선 같아서 삶의 진정한 의미를 이해할 수 없다고 한다. 하물며 저 과수원 한 알의 과실도 비바람을 맞고서야 비로소 붉게 익을 수 있다는 사실을 깨닫게 된다. 삶은 아주 작은 깨달음 일지라도 폭풍의 시간 뒤에 찾아오는 평온이라는 것이다. '문득, 어둠 속에서 바람이 일면/잠재우려던 아픔/휘-이 휘-이/회오리바람 되어/뇌파를 타고 무한 질주한다'는 시「지워지지 않는」이 제시하는 번뇌 가득한 고뇌는 이성을 잃을 듯한 상처투성이의 몸으로 증식되는 분노의 아픔이다. 빨간약 가슴에 바르고 선홍빛 패인 가슴으로 고삐 풀린 망아지처럼 날뛰는 극도의 모순에 대하여 감정은 평정심을 찾기 어렵게 치솟아 오른다. 그러나 화자의 모습은 지워도 지워지지 않는 육중한 흔적들을 고단한 하루의 끝에서 잠재우려 한다. '멈추고 싶다/가만 가만 쉬고 싶다'는 것이다. 결국 어떤 크기의 아픔일지라도 넓은 시안으로 들여다보면 별것 아니라는 위안에 머물게 된다는 성찰이다. 아주 작은 깨달음도 폭풍의 시간을 넘어서야 섭렵하게 된다는 설법이다. 시「다시, 그리는 그림」속에서 그와 같은 시인의 심중을 더욱 가까이 진단하게 된다. '털썩, 주저앉았던 시간 뒤로하고'라는 첫 연 첫 행이 암시하는 절망을 딛고 일어서는 용기를 파악하게 한다. 쉽게 '지워지지 않는' 모순 한 덩이를 잠으로 묻으려 했던 묵언 수행의 기도처럼 아름다운 풀꽃의 세상을 여는 지팡이로 세우고 있다. '삐걱거리는 무릎에 힘을 실어/일어서려는 강한 몸짓/울타리 안과 밖/바람이 준 상처 애써 외면하며 살다/틀 안에 갇힌 시간들-/부질없는 손짓은 안개비였다'는 깨우침의 이 몇 행의 시어들은 아픔을 털고 꿋꿋하게 일어서는 한 사람의 강인한 의지를 보여준다. 다시 그리는 밑그림처럼 절망에서 희망으로 세우는 미래 지향적 삶이 아름답다. 수많은 나날을 쓰러지고 일어서는 저 들판 풀잎들의 결연 한 수행이 초연하다.

빛바랜 부스스한 꽃잎 하나
낯설다
벌, 나비 유혹하던 화려한 꽃잎
기억 속에서 유영游泳을 한다
어디로 간 걸까
달리는 시간은 고장 난 브레이크
마주하고 있는 꽃잎
아직은
아직은 괜찮다고 위로를 퍼붓는다

베시시 웃는다
여전히 적응불가適應不可
낯설다

　　　　　- 시「낯설다」 전문

자동차의 헤드라이트에 비춰진 빗금
바닥에서 물방울 꽃으로 피었다가
순간, 사라진다

미세먼지처럼 털어낼 수 없는 피곤
점점 짙어지는 어둠 사이로
무표정한 얼굴에 포개진다

민들레꽃 위에 쏟아지는 어둠
빗방울 사이 분주한 발길

지친 몸 누일 곳 찾아간다
다시, 발걸음에 힘을 준다
                        - 시 「비, 그리고 어둠」 전문


 눈에 익숙지 않은 상태를 바라볼 때 '낯설다'라는 표현
을 하게 된다. 시 「낯설다」에서는 화자의 시선에 마주친
대상의 감성적 인상印象일 것이다. '빛바랜 부스스한 꽃잎
하나가 낯설다'라는 의도로부터 시작되는 낯설움의 대상
은 꽃잎이다. 그러나 눈에 각인된 꽃의 모습에 대한 관심
속에는 외형의 형태적 관점에서 내면의 가치를 재는 은유
적 의도를 일괄하게 되는데 매우 디테일한 부분과 만나게
된다. 꽃잎은 타자일까 자전적 비유의 사례일까 유추하게

된다. 모티브가 어디서 오든 한 편의 시를 감상하는 과정은 전적으로 독자의 몫이어서 자유로울 수 있지만 '어디로 간 걸까' 벌 나비 유혹하던 화려했던 시절을 꽃잎은 기억 속에서 회상하고 있다. 젊은 날의 아름다움이 번개일 듯 지나가 버리고 낯이 설 만큼 변해버린 자신을 바라보며 흐르는 세월을 아쉬워한다. '달리는 시간은 고장 난 브레이크/마주하고 있는 꽃잎/아직은/아직은 괜찮다고 위로를 퍼붓는다' 거울을 마주보며 서 있는 낯선 나의 모습에 베시시 웃으며 아직은 괜찮다는 위로가 남아있지만 여전한 적응불가適應不可의 낯설음에서 벗어나지 못하는 화자의 모습은 신선한 충격으로 남는다. 시 「비, 그리고 어둠」을 읽는다. 깊은 사유의 인생 철학이 숨겨진 언어의 집합 속에서 빛나고 있다. '자동차의 헤드라이트에 비춰진 빗금/바닥에서 물방 꽃으로 피었다가/순간, 사라진다'는 첫 연의 의미로 제시한 시의 내력은 빛나는 유성처럼 헤드라이트에 비춰진 물방울 꽃과 같은 인생이, 순간에 피었다가 사라지고 마는 존재의 찰나를 그려내고 있다. '삶'은 결국 아름답게 빛나는 순간의 꽃이라는 것이다. 찰나에 피었다 사라지는 무참한 허상과 다름없음을 이 시는 적고 있다. '비'라고 하는 화두가 '어둠'을 만나게 되는 과정이다. 그리고 보면 '삶은=비'다 라는 등식이 적용된다. '미세먼지처럼 털어낼 수 없는 피곤/점점 짙어지는 어둠 사이로/무표정한 얼굴에 포개진다//민들레꽃 위에 쏟아지는 어둠/빗방울 사이 분주한 발길'로 제시된 이들 소재가 내포한 미세먼지, 짙어지는 어둠, 무표정한 얼굴, 민들레꽃 위 어둠, 분주한 발길의 비의 존재는 가득한 고난과 어둠을 끌어오는 수난의 아픔들이다. 이 지친 연속의 어둠은 순간에 지고 마는 꽃(인생)으로 등식 된다. 삶이 얼마나 허망한 것인지를 극명하게 보여주는 일이다.


　　　무거운 수레가 언덕길을 오르고 있다
　　　고단함이 묻어 있는 발뒤꿈치에 눈길이 간다
　　　슬며시 수레 뒤에 손을 얹어 힘을 보탠다
　　　힐긋 뒤돌아보며 보일 듯 말 듯 한 미소
　　　고마움이 묻어있다

　　　어깨 위에 주렁주렁 매달린 무게
　　　덜어낼 힘없어 무심히 바라만 보던 그 시절
　　　힘든 내색 않으시고 험한 고갯길
　　　앞장서 주신 아버지
　　　먼 길 떠나신 지 수십 년
　　　깊이를 알 수 없는 우물을 만든 그리움
　　　달그림자에 희미한 아버지 얼굴 겹쳐진다
　　　　　　　　　　　　－ 시 「아버지」 전문

● 작품 해설 _____

접시꽃 필 때면
더욱 선명해지는 그림 하나

마당 한 귀퉁이 작은 화단
키다리 홍초, 금잔화, 봉숭아, 앙증맞은 채송화 ·
울퉁불퉁 여주박
아버지의 손길 기다리는 꽃들
정성스레 가꾸시던 아버지의 모습
눈앞에서 아롱거린다

지금은 주인 잃어버린 빈집
흔적도 없이
폐허가 되어버린 화단
잡초만 가득하다
그리움으로 채워진 가슴엔
아버지의 홍초가 크고 있다
− 시「홍초」전문

'아버지'라는 이름은 묵묵하고 묵직한 가장이라는 무
게로 가정을 지키는 책무를 안고 있다. 자식을 낳아 풍성
한 일가를 이루어 사랑이라는 이름으로 평생을 희생해야
하는 파수꾼이다. 자식은 그 아버지의 아버지처럼 존경하
고 공경해야 하는 대상임에 분명하다. 하지만 부모와 자

식 지간은 주는 사랑과 받는 사랑으로 고리를 묶고 자식을 위해 굽은 허리를 치켜 올리기까지 끝 간 데 없이 종횡무진 사랑을 내려놓지 못한다. 단 하나도 돌려받기 어려운 일이 자식 사랑이라고 한다. 시 「아버지」의 모습이 그것이다. 생명 질서의 하나일지라도 어버이는 오매불망 내리사랑의 마법에 휩싸여 평생 가련하기만 하다. 모처럼 힘겹게 수레를 끌고 가는 아버지 등 뒤에서 힘을 보태는 자식의 측은지심이 아름다운 그림으로 따뜻하다. '고단함이 묻어 있는 발뒤꿈치에 눈길이 간다/슬며시 수레 뒤에 손을 얹어 힘을 보탠다/힐긋 뒤돌아보며 보일 듯 말 듯 한 미소' 아버지의 무언의 미소는 대견스러운 자식에 보내는 고마움이었을 것이다. 어깨 위에 주렁주렁 매달린 아버지 삶의 무게를 덜어낼 힘이 부족하여 무심히 바라만 보던 그 자식의 가슴에는 험한 고갯길 앞장서 주신 아버지를 그리워할 뿐이다. 이미 먼 길 떠나고 깊이를 알 수 없는 우물물의 그리움만 남아있다. 시 「홍초」는 마당 한 귀퉁이 작은 화단에는 아버지의 손길로 자란 키다리 홍초, 금잔화, 봉숭아, 채송화 등이 한창이었다. 모두 다 아버지의 손길을 기다리던 꽃들이다. 정성스레 가꾸시던 아버지의 모습이 접시꽃 필 때면 더욱 선명해지는 그림이다. 메꽃과의 한해살이 덩굴풀인 홍초는 높이가 1~2미터로 자라며 꽃은 7~8월에 흰색과 홍색으로 핀다. 유난히 꽃을 사랑

하여 화단을 가꾸시던 아버지이건만 지금은 주인을 잃어
버린 빈집에 폐허가 되어버린 화단에는 잡초만 가득하다.
다만 아버지 그리움으로 가득 채워진 가슴엔 아버지의 총
초가 자라고 있을 뿐이다. 어버이에 효를 다하려 하지만
그 어버이는 이미 세상을 떠나시고 기다려 주지 않는다는
교훈이 세상 모든 자식들의 가슴에 아픔으로 남게 하는
시편이다.

      잠시 머물다 떠나야 하는
      고단한 몸 내려놓은 철새들
      무리 지어 날아올랐다가 내려앉는다
      다시 날아오르는 끝없는 도전

      휑하니 칼바람이 분다
      얼어붙은 강물 아래 여린 생명의 속삭임
      할 수 있다는 하면 된다는
      고막을 울리는 자명종 소리
      꿈을 품은 세포들을 깨운다

      별 바라기하는 몸부림
      아린 숨결에 감춰진 갈증 딛고
      다시, 날아보자
      젖은 날개를 말린다

헝클어진 깃털을 고른다

– 시 「비상飛上」 전문


반복되는 삶의 굴레 벗어나
힘을 다해 디딤판을 굴린다


흙냄새,
싱그럽다


아슴아슴한 기억 생기 살아나고
꽃잎, 나비 되어 춤을 춘다


훨—
훨—
날아 오른다

– 시 「나비, 춤을 추다」 전문


  비상의 몸짓과 나비의 춤, 김옥남 시인의 앞서 언급한
시들이 암울한 그리움의 젖은 행진들이었다면 시 「비상」
과 시 「나비, 춤을 추다」는 이상을 향한 절대 희망과 그 꿈
의 실현이 주는 절대 기쁨이다. 꿈을 이루기 위해 최선을
다해 노력하는 일이 사람의 원초적 삶의 방식이라면 이상
을 향한 결과는 쉬이 정상을 보여주지 않는다. 수많은 역

경과 고뇌의 늪에 빠져 허우적거리는 실의에 도달하고서
야 이룩하는 아름다운 성찰과도 같다. 시 「비상飛上」은 '휭
하니 칼바람이 분다'는 힘겨운 고난의 과정을 딛고 일어
서야 하는 절박한 상황 속에서 용기를 얻게 되는 근원적
세포들이 비상을 꿈꾸는 모습이다. '얼어붙은 강물 아래
여린 생명의 속삭임'들이 '할 수 있다는 하면 된다는/고막
을 울리는 자명종 소리/꿈을 품은 세포들을 깨우는'비상
의 몸짓들이다. '다시, 날아보자/젖은 날개를 말린다/헝클
어진 깃털을 고른다'는 단단한 의지를 세워 창공을 향해
날아오르려는 각오이다. '잠시 머물다 떠나야 하는/고단
한 몸 내려놓은 철새들'처럼 무리 지어 날아올랐다가 다
시 내려앉아 날아오르는 끝없는 도전처럼 젖은 날개를 말
리고 헝클어진 깃털을 고르는 비상의 날갯짓이다. 시 「나
비, 춤을 추다」는 황홀한 몸짓으로 추는 나비의 춤사위를
엮고 있다. 눈부신 비상을 향해 깃털을 고르던 철새의 꿈
이 하늘을 날아오른다. 실의에 찬 번뇌도 절망도 지워버
리고 오직 꿈으로 가득한 날갯짓이다. 굳건한 의지의 무
엇을 향한 도전은 이미 성공에 이르는 기쁨을 예비하고
있는 까닭이다. '반복되는 삶의 굴레 벗어나/힘을 다해 디
딤판을 굴린다//흙냄새,/싱그럽다//아슴아슴한 기억 생
기 살아나고/꽃잎, 나비 되어 춤을 춘다'는 벅찬 내일을 향
한 기대로 가득한 의식은 어둠에서 빛으로 일어서는 전환

점이다. 반복되는 도심의 삶을 탈출하여 자연의 싱그러움 속에 침잠하는 일의 기쁨이 하늘을 날고 있다. 아슴아슴한 자연의 싱그러운 흙냄새가 생기를 돋우며 삶의 가치를 충전시키고 있다. 훨-훨- 푸른 창공을 날아오르는 자유로운 날갯짓의 새 한 마리가 이처럼 유유자적할 수 있을까, 시인의 아프고 고단한 시간들이 단숨에 거룩한 평화로 잇는 꽃잎, 나비 되어 춤을 춘다.

　김옥남 시인의 첫 시집 읽기를 접는다. 진지하고 단아한 언술로 지어진 시의 집 한 채를 융숭하게 지어 놓았다. 가슴 깊은 사유의 세계를 감동의 자락으로 엮어 겸허히 독자 앞에 섰다. 더 빛나는 시어를 창출하고 창의적인 시문학의 신세계를 활발하게 열어 나아갈 수 있기를 기대한다. 총 77편의 시들이 각각의 몫으로 그리움과 절망, 이별과 꿈, 사랑과 허무, 자유와 평화 등으로 묵언의 숨을 쉬며 독자와 마주 앉아 독대할 것이다. 시문학은 인생 철학이다. 희로애락의 가닥들이 때로는 번개처럼, 때로는 꽃이 피어나듯이, 비바람을 몰고 오다가 화창한 푸른 하늘과 마주서게 한다. 온갖 바람의 유희를 맞이하고서도 우뚝 서 있는 저 천년의 나무 주목처럼 단단한 시인의 대열에서 우뚝하기를 기대한다.

그
리
운
한
잔

# 그리움 한 잔

김옥남 시집